오소리네 집 꽃밭

글 | 권정생 • 그림 | 정승각 • 디자인 | 여백

초판 발행 | 1997년 11월 25일 • 초판 18쇄 | 2004년 3월 15일

발행인 | 이호균 • 발행처 | 길벗어린이(주)

주소 | 서울시 마포구 연남동 369-20 공명빌딩 2층

전화 | (02)322-6012 • 팩스 | (02)322-6014 • 홈페이지 | www.gilbutkid.co.kr

등록번호 | 제 10-1227호 • 등록일 | 1995년 11월 6일

ISBN 89-86621-33-9

오소리네 집 꽃밭

글/권정생 그림/정승각

길벗어린이

회오리바람이 불던 날이었어요.
진수네 밭둑에 서 있던 50년 묵은 밤나무가
뿌리째 뽑혀 넘어질 만큼 무서운 바람이었어요.

이런 날, 잿골 오소리 아줌마는 양지볕에서 꼬박꼬박 졸다가
불어 오는 회오리바람에 데굴데굴 날려 갔어요.

오소리 아줌마 는 40리나 떨어진 읍내 장터까지 가서 가까스로 멈추었어요.

"아이구, 엉덩어야!"
오소리 아줌마가 정신을 차려 보니
사람들이 와글와글 시끄럽게 떠들며 온갖 물건을 사고 팔고 있었어요.

고무신도 팔고, 운동화도 팔고, 반바지도 팔고, 사탕도 팔고,
떡도 팔았어요.

오소리 아줌마는 실컷 구경을 하고 싶었지만
사람들한테 들킬까 봐 얼른 달아났어요.
마침 굴러 온 쪽에서 풍기는 오소리 냄새 때문에
집으로 가는 길을 금방 찾아 냈어요.

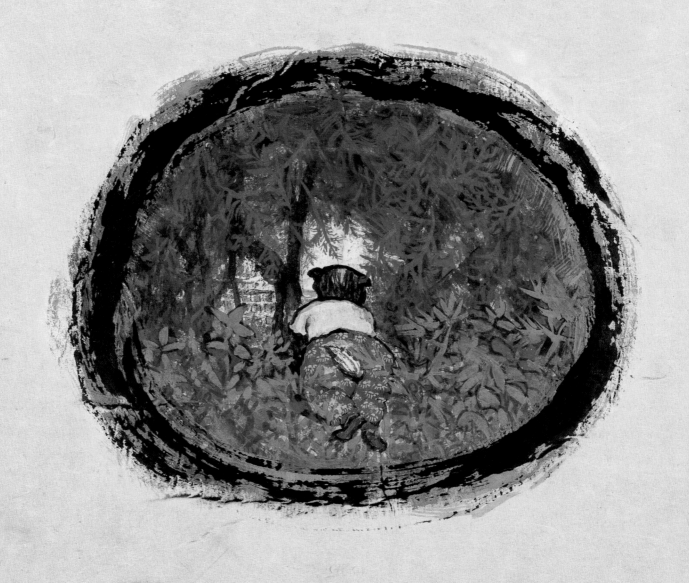

시장 모퉁이를 돌고 골목길을 빠져 나와 조금 가다 보니 학교가 있었어요.
오소리 아줌마는 갈 길이 바빴지만 울타리 사이로 학교 안을 들여다보았어요.

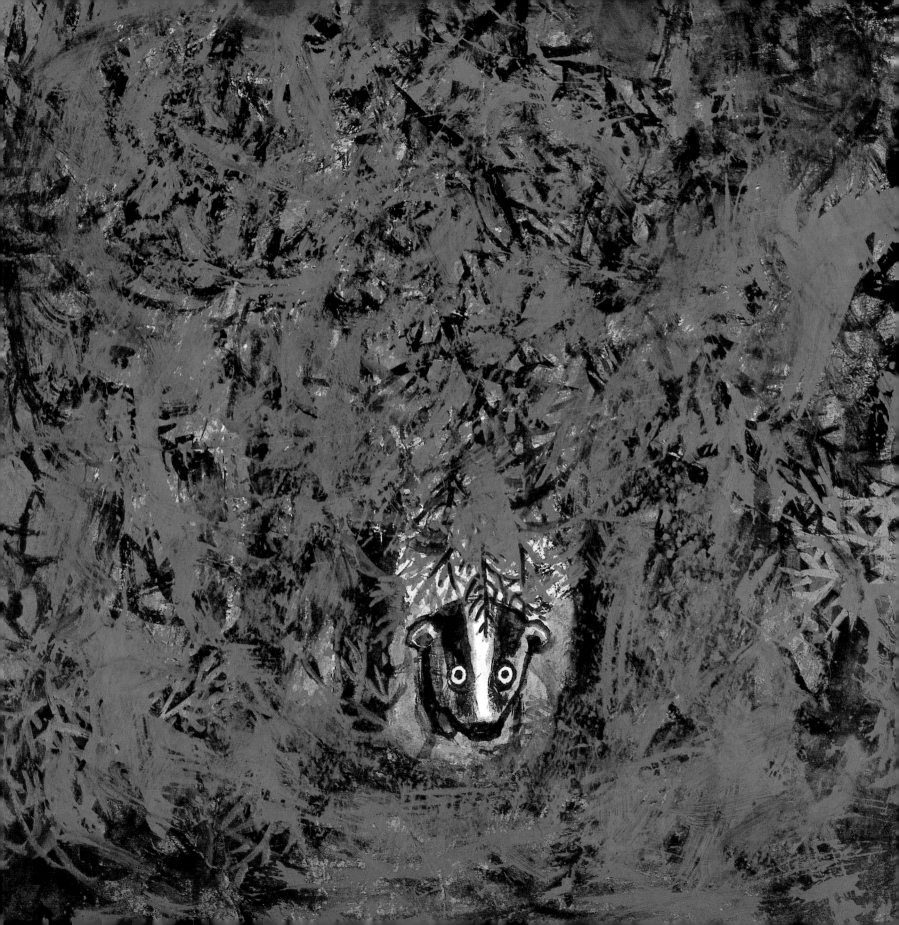

"어머나, 예뻐라."
운동장 둘레에 예쁜 꽃밭이 있었어요. 봉숭아, 채송화, 접시꽃, 나리꽃……
오소리 아줌마는 이름조차 모르는 꽃들이 가지가지로 많이 피어 있었어요.

"나도 집에 가서 예쁜 꽃밭을 만들어야지."
오소리 아줌마는 혼자말을 하며 잿골 집으로 돌아갔어요.

오소리 아저씨는 잔뜩 걱정을 하며
아줌마를 기다리고 있었어요.
"어디 갔다 이제 오우?"
"저, 읍내장에 다녀왔어요."
"당신, 아까 회오리바람에 날려 갔잖소?"

"아니에요. 제 발로 걸어서 여기저기 구경했는 걸요."
오소리 아줌마는 시치미를 뚝 떼고 말했어요.
바람에 날려 갔던 게 부끄러웠기 때문이지요.
그러고는 서둘러 말했어요.
"우리도 꽃밭 만들어요."
"갑자기 무슨 꽃밭을 만들자는 거요?"
"그냥 예쁜 꽃밭이오."

오소리 아저씨는 아줌마가 시키는 대로 괭이로 밭을 일구었어요.

"영차!"

"아니, 여보! 그건 패랭이꽃이잖아요? 쪼지 마세요!"

오소리 아줌마는 봉오리가 맺힌 패랭이꽃을 쫄까 봐 황급히 아저씨의 팔을 붙잡았어요.

오소리 아저씨는 다른 쪽으로 돌아서서 괭이를 번쩍 들었다가,
"영차!" 하고 땅을 쪼았어요.
"에구머니! 그건 잔대꽃이잖아요? 쪼지 마세요!"

오소리 아저씨는 조금 비켜 나와,
"영차!" 하고 땅을 쪼았어요.
"안 돼요! 그건 용담꽃이에요. 쪼지 마세요!"
오소리 아저씨는 이젠 어느 쪽에서 괭이질을 해야 할지 몰랐어요.

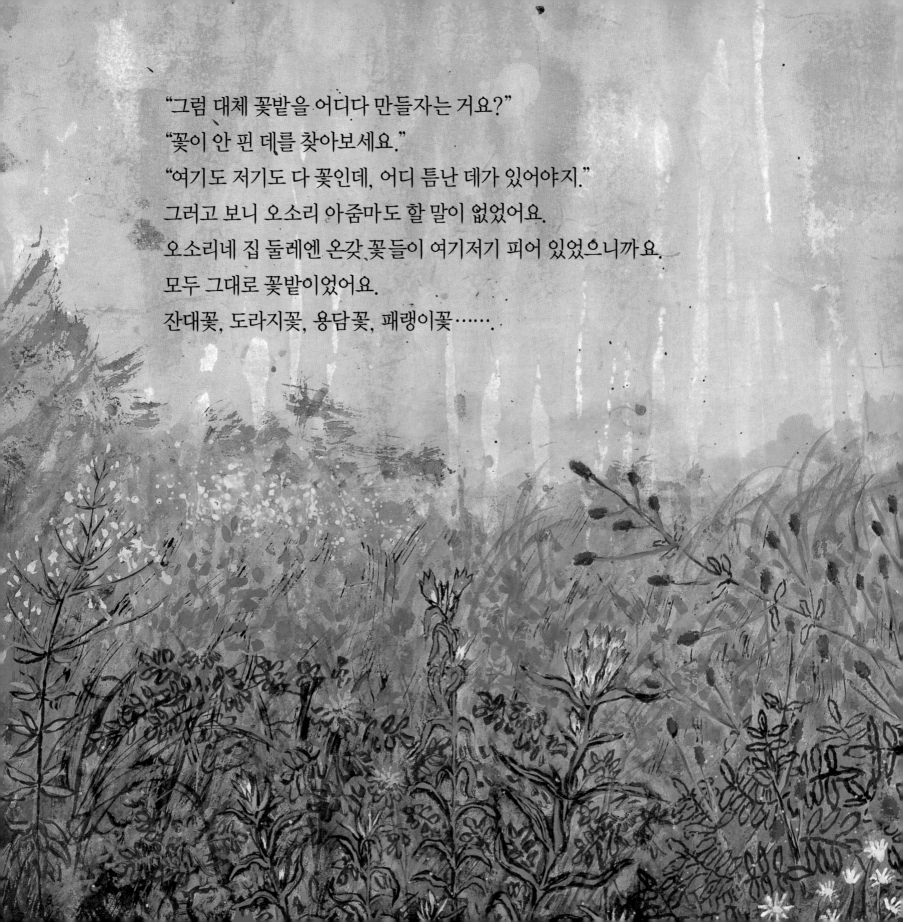

"그럼 대체 꽃밭을 어디다 만들자는 거요?"

"꽃이 안 핀 데를 찾아보세요."

"여기도 저기도 다 꽃인데, 어디 틈난 데가 있어야지."

그러고 보니 오소리 아줌마도 할 말이 없었어요.

오소리네 집 둘레엔 온갖 꽃들이 여기저기 피어 있었으니까요.

모두 그대로 꽃밭이었어요.

잔대꽃, 도라지꽃, 용담꽃, 패랭이꽃……

"우리 집 둘레엔 일부러 꽃밭 같은 것을 만들지 않아도
이렇게 예쁜 꽃들이 지천으로 피었구려."
"그건 그래요. 이른 봄부터 진달래랑 개나리랑
늦가을 산국화까지 피고 지고 또 피니까요."
"겨울이면 하얀 눈꽃이 온 산 가득히 피는 건 잊었소?"

“정말 그러네요. 호호호호……”
“하하하하하하……”
오소리 아줌마와 아저씨는 즐겁게 웃었어요.
오소리네 집 산비탈에 핀 꽃들도 모두 “하하하, 호호호!” 웃었어요.

1937년 일본 도쿄에서 태어난 권정생 선생님은 1969년 동화 『강아지똥』으로 월간 「기독교 교육」의 제 1 회 아동문학상을 받으며 작품 활동을 시작했습니다. 그 뒤 작고 보잘것없는 것들에 대한 따뜻한 애정과 굴곡 많은 역사를 살아 왔던 사람들의 삶을 보듬는 진솔한 글로 어린이는 물론 부모님들께도 많은 사랑을 받고 있습니다.

지은책으로는 동화집 『강아지똥』, 『사과나무밭 달님』, 『하느님의 눈물』 등과 소년 소설 『몽실언니』, 『점득이네』 등이 있습니다. 그리고 시집 『어머니 사시는 그 나라에는』, 산문집 『오물덩이처럼 뒹굴면서』 등이 있습니다.

정승각 선생님은 1961년 충청북도 덕동에서 태어났습니다.

어린이들에게 우리 것의 아름다움과 여유로움을 그림을 통해 보여 주고 있는 선생님은 해마다

어린이들과 함께 어린이들의 생활 이야기가 담긴 벽화 작업을 해 오고 있습니다.

그린책으로는 『까막나라에서 온 삽사리』, 『강아지똥』, 『내가 살던 고향은』 등이 있습니다.

지금은 충주시 산척면 송강리에서 살고 있으며, 어린이들을 위한 더 좋은 그림을 그리기 위해

애쓰고 있습니다.

몸길이 : 40~50cm
번식 : 계절 번식으로
2~4월에 교미해서
3~4마리 새끼를 낳는다.
꼬리 길이 : 약 13cm
낮은 산의 숲속에 나무가 많이 우거진
곳에 굴을 파고 산다.